Fortuna

Eine kleine Glücks-Geschichte

Für den glücklichen Mann in der Londoner U-Bahn

In Gedenken an meine Grossmutter und meine Nonni

Sandra Friedrich

Fortuna

Eine kleine Glücks-Geschichte

Bibliografische Information der
Deutschen Nationalbibliothek:

Die Deutsche Nationalbibliothek verzeichnet
diese Publikation in der Deutschen Nationalbib-
liografie; detaillierte bibliografische Daten sind
im Internet über http://dnb.dnb.de abrufbar.

Herstellung und Verlag:
BoD – Books on Demand, Norderstedt

ISBN: 978-3-7460-6399-7

Glück

Glück ist gesund und munter erwachen –

Glück ist Freude und von Herzen lachen.

Glück ist Liebe verschenken –

Glück ist positives Denken.

Glück ist geschätzt und geliebt zu werden –

Glück ist zufrieden sein auf Erden.

Glück ist das Wunderbare im Alltäglichen sehen –

Glück ist ein Stück Weg zusammengehen.

Glück ist überall und hier –

Glück bist du und ich und wir!

Sandra Friedrich

Erinnerungen

Die Junisonne strahlte warm vom Himmel als sich Alisea müde an einen Tisch des kleinen Cafés in der Churer Altstadt setzte. Sie streckte ihre Beine und bestellte beim Kellner einen Latte Macchiato und ein grosses Glas Wasser. Er verschwand und kam kurze Zeit später gutgelaunt mit ihren Getränken zurück. «Darf ich sonst noch etwas bringen?» Alisea schenkte ihm ein kurzes, freundliches Lächeln und erwiderte: «Danke, im Moment bin ich bedient!» Sie richtete ihren Blick wieder auf die Unterlagen, die sie auf dem Tisch ausgebreitet hatte. Noch immer konnte sie kaum glauben, was der Notar ihr vor kurzem mitgeteilt hatte. Alisea begann die Dokumente zu lesen, aber in Gedanken war sie bei ihrer Grossmutter Maria. Sie war vor fünf Monaten gestorben. Alisea dachte an ihre Kindheit, an die Ferien und an das gemütliche Haus am Waldrand oberhalb von Mustér. Ihre Grossmutter hatte einen grossen Kräutergarten auf den sie immer sehr stolz gewesen war. Sie erinnerte sich, wie sie im Sommer manchmal mit den Händen durch die Kräuter strichen. Ihre Grossmutter fragte sie immer, welche Kräuter sie erkennen konnte. Mit geschlossenen Augen schnupperten sie an ihren Fingern und mit den Jahren konnte Alisea tatsächlich immer mehr Kräuter erkennen. Zu Weihnachten bekam sie von ihrer Grossmutter immer ein Buch und ein kleines «Kräuter-Geschenk». Ein selbstgenähtes Säckchen mit Lavendel für den Kleiderschrank, eine Ringelblumensalbe oder ein Kräuter-Badesalz. Damals war ihr das Besondere dieser Geschenke noch nicht so bewusst. Aber heute wusste sie, wieviel Zeit und Liebe ihre Grossmutter in die kleinen Geschenke gesteckt hatte. Alisea dachte auch an Ladina, Curdin und Duri, die Nachbarskinder vom Hof der Familie Simonet. Während den Ferien spielten sie sehr oft zusammen. Sie war ein Einzelkind und hatte sich lange Geschwister gewünscht. Umso mehr freute sie

sich, dass sie in den Ferien bei ihrer Grossmutter Gesellschaft hatte. Manchmal sassen
sie vor dem Haus auf der alten, windschie-
fen Bank. Fast konnte sie hören, wie ihre
Grossmutter ihnen eine Geschichte oder ein
Märchen erzählte. Es war immer etwas Be-
sonderes, fast Magisches, wenn ihre Grossmutter zu erzählen begann. Wie hatten sie es
geliebt ihr zuzuhören.

Nun hielt sie einen schlichten, weissen Brief
in der Hand und eine einzelne, grosse Träne
rann über ihre Wange. Verstohlen wischte
sie die Träne weg. Ihr Name war in der für
Maria typischen, alten und zittrigen Handschrift auf den Umschlag geschrieben.

Die Erbschaft

Bis vor wenigen Stunden, war Alisea's Leben in geregelten Bahnen verlaufen. Nun ging sie davon aus, dass dieser Termin beim Notar eine reine Formsache sein würde. Ihre Grosstante Sofia und ihre Mutter waren die einzigen Erbinnen von Maria Allegra. Doch schon kurz nach der Begrüssung beschlich sie ein komisches Gefühl. Sie war die Einzige, die zu diesem Termin erschienen war. Als sie freundlich nachfragte, ob sich ihre Grosstante verspäte, lächelte der Notar und bat sie Platz zu nehmen. Er entschuldigte sich, um die Unterlagen und einen Kaffee aus dem Nebenraum zu holen. Währenddessen überlegte sie angestrengt. Ihr Grossvater war bereits gestorben als sie noch ein kleines Mädchen gewesen war. Ihre Eltern hatten sie über den Termin beim Notar informiert und gebeten an ihrer Stelle nach Chur zu fahren. Ihre Mutter hatte mit Nachdruck darauf bestanden und so hatte sie sich bereit erklärt ein paar Tage frei zu nehmen. Nun sass sie wegen der Erbschaft in einem Notariat mitten in der Churer Altstadt. Aber was war mit ihrer Grosstante? Wieso war sie nicht hier? Soweit sie wusste, war sie für ihr Alter noch recht fit.

Bevor sie weiter überlegen konnte, betrat Herr Caduff erneut den Raum und nahm ihr gegenüber hinter dem grossen, alten Holztisch Platz. Er räusperte sich kurz und kam dann ohne Umschweife zum Punkt: «Herzliche Gratulation Frau Morini, Sie sind die Alleinerbin von Maria Allegra.» Alisea starrte ihn mit offenem Mund an. «Wie bitte? Aber was ist mit…» Bevor sie weitersprechen konnte, unterbrach er sie freundlich: «Ihre Grossmutter hat ein entsprechendes Testament verfasst, es hat alles seine Richtigkeit! Ihre Eltern und Ihre Grosstante Sofia haben schon vor langer Zeit zusammen mit Maria alles in die Wege geleitet.» «Aber…» begann sie erneut. Doch der ältere Herr schob ihr bereits ein amtliches Dokument über den Tisch. «Sie müssen hier unterschreiben und dann können Sie selbst entscheiden, was mit

Ihrem neuen Besitz geschehen soll. Möchten Sie alles mit mir durchgehen, oder schauen Sie die Dokumente später in Ruhe an? Wie bereits erwähnt, wir haben alles geprüft und es ist alles in Ordnung, so wie Ihre Grossmutter es im Testament vorgesehen hat.» Alisea war wie vor den Kopf gestossen und schaute ihn ziemlich erstaunt an. Nur mit Mühe fand sie ihre Stimme wieder: «Ähm, dann nehme ich wohl besser alles mit.» Ihre Hand zitterte ein wenig, als sie das Dokument unterschrieb. Herr Caduff überreichte ihr ein dickes Bündel mit vielen weiteren Dokumenten. Ausserdem gab er ihr drei Schlüssel und einen kleinen weissen Umschlag. Sie liess sich noch einmal Glück wünschen und verliess aufgewühlt die Kanzlei. Völlig durcheinander lief sie in der Stadt umher und beschloss dann ihre Mutter anzurufen. Bereits nach dem dritten Klingeln hörte sie die vertraute Stimme: «Ciao Alisea, alles in Ordnung?» «Nein, Mamma! Gar nichts ist in Ordnung! Wieso habt ihr mir nichts gesagt?» Ihre Mutter schien sehr zufrieden zu sein: «Weil es eine Überraschung sein sollte! Und nun geniess deine Tage in den Bergen und freu dich über die Erbschaft!» Das war wieder einmal typisch. Für ihre Mutter gab es im Leben nur Lösungen keine Probleme. Sie redeten noch eine Weile zusammen und Alisea versprach sich in den kommenden Tagen wieder zu melden.

Nun sass sie im Café und versuchte ihre Gedanken und all die Dokumente zu ordnen. Wieder hielt sie den kleinen Brief in ihrer Hand und legte ihn dann entschieden beiseite. Sie würde ihn später lesen. Nachdem sie sich alles angeschaut und einen Überblick verschafft hatte, war sie beeindruckt. Maria hatte ihr neben dem Haus mit dem ganzen Hausrat und Garten auch ein grosses Stück Land und das angrenzende Waldstück vererbt. Ausserdem gehörte einer der 3 Schlüssel zu einem Bankschliessfach. Nachdenklich rief sie den Kellner und trank den letzten Schluck Wasser. Nachdem sie bezahlt hatte, wandte sie sich zum Gehen. Der Kellner verabschiedete sich fröhlich und rief ihr zum Abschied «Alles Gute» hinterher. Ihre Gedanken schweiften immer wieder ab und sie musste sich anstrengen damit sie sich richtig auf den Verkehr konzentrierte. Zum Glück dauerte die Autofahrt hinauf nach Mustér nur noch eine knappe Stunde. Als sie dem Dorf langsam näherkam, spürte sie die gleiche Vorfreude wie damals. Als kleines Mädchen wusste sie immer, wenn sie das Kloster sah, waren sie schon fast da. Kurz vor ihrem Ziel, fuhr sie nach einer grossen Kurve auf die schmale, unbefestigte Strasse, die bis zum Haus am Waldrand hinaufführte. Sie hoffte, dass ihr niemand entgegenkam. Denn sie wusste, dass die Dorfbewohner manchmal ein wenig schnell unterwegs waren. Aber ihre Sorgen waren unbegründet. Sie kam ohne Gegenverkehr beim Haus ihrer Grossmutter an.

Rückkehr in die Vergangenheit

Nachdem sie den Wagen parkiert hatte und ausgestiegen war, suchte sie nach den Schlüsseln. Sie wühlte gerade in ihrer Handtasche, als plötzlich eine fröhliche Stimme rief: «Beinvegn!» Ladina, ihre Jugendfreundin trat aus dem Schatten der grossen Eiche und umarmte sie überschwänglich. «Schön, dass du da bist! Ich habe dich schon erwartet!» Alisea war sehr erfreut, gleichzeitig aber auch überrascht über das Wiedersehen. «Wie lange haben wir uns nicht mehr gesehen?» fragte Ladina. Alisea überlegte kurz und antwortete spontan: «Ich weiss nicht recht, aber auf jeden Fall schon viel zu lange! Woher wusstest du, dass ich heute hierherkomme?» Ladina lächelte verschwörerisch: «Deine Mutter hat mich angerufen und mich gefragt, ob ich hier auf dich warten würde.» Das hätte sie sich ja eigentlich denken können! Allerdings musste Alisea zugeben, dass die Überraschung mehr als gelungen war.

Die beiden Frauen hatten sich Einiges zu erzählen. Ladina lebte mit ihrer kleinen Tochter und ihrem Mann unten im Dorf und erwartet gerade ihr zweites Kind. Ihr Bruder Curdin hatte eine Freundin und führte im Nachbarort seine eigene Gärtnerei. Duri, der Älteste der drei Geschwister, lebte seit dem Tod seines Vaters wieder bei seiner Mutter und kümmerte sich um die Tiere und den Hof. Wenn Alisea an Duri dachte spürte sie jedes Mal einen kleinen Stich im Herzen. Noch immer tat es weh an ihn zu denken…

Sie überlegte kurz, ob er wohl mittlerweile verheiratet war. Sie hatte schon lange mit niemandem mehr über ihn gesprochen. Als Ladina sich wieder auf den Heimweg machte, verabredeten sie sich für den Dienstag zum Abendessen. Alisea holte ihr Gepäck aus dem Auto und setzte sich alleine an den Küchentisch. Sie war so müde wie nach einem anstrengenden Arbeitstag in der Bank.

Nach der Schulzeit hatte Alisea eine Ausbildung in einer kleinen Regionalbank gemacht. Später wechselte sie zu einer grossen Bank nach Bern. Von der Bankangestellten hatte sie sich in den letzten Jahren mit viel Fleiss und Durchhaltevermögen zur Abteilungsleiterin hochgearbeitet. Wenn sie ehrlich war, hatte ihr Privatleben darunter gelitten. Aber es hatte sich gelohnt. Sie war mit 25 Jahren beruflich erfolgreich, wohnte in einer modernen Wohnung mitten in der Stadt und hatte viele Möglichkeiten für ihr künftiges Leben. Sie hatte schon ein paar Mal mit dem Gedanken gespielt für ein paar Monate ins Ausland zu gehen. Allerdings wollte ihr Chef davon überhaupt nichts wissen. Wenn sie wirklich gehen wollte, musste sie sich nachher eine neue Arbeitsstelle suchen. Zugegeben, die vielen Überstunden waren meist der Grund dafür, dass ihre Beziehungen nicht lange hielten. Ihr Ex-Freund hatte ihr sogar vorgeworfen, sie sei ein richtiger Workaholic und hätte gar keinen Mann verdient. Trotzdem war sie stolz darauf, dass sie beruflich erfolgreich war. Sie dachte an ihre Kolleginnen und an ihren Chef. Sie waren alles andere als begeistert gewesen, als sie so kurzfristig eine Woche Urlaub nehmen wollte. Sie hatte in diesem Jahr erst eine Woche Ferien bezogen. Trotzdem willigte ihr Vorgesetzter erst ein als sie ihm erklärte, dass es um eine Familienangelegenheit wegen einer Erbschaft ging.

Ihr Blick viel wieder auf den Brief in ihren Händen und nun öffnete sie ihn langsam. Sie zog das Briefpapier aus dem Umschlag. Ein ganz feiner Lavendelduft stieg ihr in die Nase. Genauso rochen die bestickten Stoffsäckchen aus dem Kleiderschrank ihrer Grossmutter. Noch bevor sie zu lesen begonnen hatte, verspürte sie eine grosse Traurigkeit. Dennoch faltete sie den Brief auseinander und begann zu lesen:

Cara Alisea

Ich hoffe, dass es dir gut geht, wenn du diese Zeilen in deinen Händen hältst. Sicher habe ich dich mit meinem letzten Willen ein wenig überrascht. Aber ich habe mir lange und gut überlegt, was ich in mein Testament schreiben soll. Ich habe mit deiner Mutter und mit meiner Schwester ein paar Mal darüber gesprochen. Sie waren ebenfalls der Meinung, dass du die richtige Erbin bist!

Ich habe immer gespürt, dass wir beide aus dem gleichen Holz geschnitzt sind. Wenn ich dir ein Märchen erzählt habe, sah ich wie deine Augen leuchteten und wie du dich staunend auf die Geschichte einlassen konntest. Wie oft hast du gebettelt, ich soll dir noch etwas vorlesen oder erzählen. Auch als du älter wurdest, hast du immer noch meine Liebe zum Magischen und Unerklärbaren geteilt. Ich bin mir sicher, dass meine Schätze bei dir gut aufgehoben sind. Nun wünsche ich dir von Herzen, dass du glücklich wirst. Möge dir das Haus und der Garten genauso viel Glück und Freunde bringe wie mir.

In Liebe Deine Grossmutter Maria

Dicke Tränen rannen über Alisea's Gesicht, als sie den Brief auf den Tisch zurücklegte. Erst jetzt wurde ihr bewusst, wie sehr sie ihre Grossmutter wirklich vermisste. Sie war in den letzten Jahren nur noch sehr selten in Mustér gewesen. Nun fragte sie sich, wieso sie nicht früher hierher zurückgekehrt war. Sie kannte die Antwort. Aber nun war es zu spät.

Damals

Es waren die letzten Sommerferien, die sie in Mustér bei ihrer Grossmutter verbracht hatte. Sie war damals 16 und Duri 18 Jahre alt gewesen. An einem heissen Sommertag war sie mit Ladina, Curdin und Duri zum Badesee gegangen. Es war ein ausgelassener und fröhlicher Nachmittag gewesen. Am Abend hatten sie im Wald bei einer Feuerstelle ein Feuer gemacht und irgendwann waren Curdin und Ladina nach Hause gegangen. Duri war mit ihr alleine am Feuer sitzen geblieben. Es war ein schöner Sommerabend und am Himmel funkelten unzählige Sterne. An diesem Abend hatte er sie zum ersten Mal geküsst und ihr seine Liebe gestanden. Sie war schon länger in ihn verliebt gewesen und konnte kaum glauben, dass er ihre Gefühle erwiderte. Dieser Kuss hatte von einer Minute auf die andere alles verändert. Es war ein zärtlicher, behutsamer Kuss gewesen und sie dachte noch heute daran, was für unglaubliche Gefühle er in ihr ausgelöst hatte. In den beiden darauffolgenden Wochen waren sie überglücklich und trafen sich, so oft sie nur konnten. An ihrem letzten Ferientag, kam Alisea am Abend ganz verheult zurück ins Haus ihrer Grossmutter. Diese hatte sofort gewusst, was los war. Bevor Alisea wieder zurück nach Bern fuhr drückte ihre Grossmutter sie fest an sich und sagte: «Es wird nicht einfach, aber wahre Liebe ist stärker als alles andere. Wenn ihr beide es wirklich von ganzem Herzen wollt, wird alles gut!».

Alisea's Eltern hatten nie etwas gesagt. Vielleicht war es besser so. Ihre Mutter hegte bestimmt einen Verdacht, denn als sie wieder zu Hause war, schrieben sich Alisea und Duri fast täglich. Duri beteuerte seine Liebe und bat Alisea so schnell wie möglich wieder zu ihm zurück zu kommen. Auch sie war sehr verliebt und sie vermisste Duri unglaublich. Aber sie wusste nicht, was sie machen sollte. Er war bereits mitten in seiner Ausbildung und eine Distanzbeziehung konnte sie sich einfach nicht recht vorstellen.

Sie wollte ihn viel öfters sehen, nicht nur einmal im Monat. Sie wollte mit ihm zusammen sein, aber das ging nicht. Wie oft hatte sie sich in jener Zeit am Abend in den Schlaf geweint. Wenn ihre Mutter am Morgen fragte, was los sei, sagte sie nur sie sei unglücklich verliebt. Wenige Wochen später, kurz nach ihrem 17. Geburtstag, begann sie mit ihrer Ausbildung in der Bank. Nach langem Grübeln hatte sie sich entschieden, die Beziehung zu beenden, bevor es noch schwieriger für sie wurde. Deshalb schrieb sie Duri einen letzten, sehr traurigen Brief:

Lieber Duri

Die zwei schönsten Wochen meines Lebens habe ich mit dir zusammen verbracht. Aber nun gebe ich dich frei. Ich habe gestern meine Ausbildung begonnen. Die nächsten drei Jahre werden ich nicht mehr oft nach Mustér kommen. Ich werde dich nie vergessen und wünsche dir von Herzen alles Liebe für deine Zukunft!

Deine Alisea

Sie hatte vergeblich auf eine Reaktion gewartet. Seither hatte sie nie wieder etwas von ihm gehört. Sie stürzte sich in die Arbeit und versuchte ihn zu vergessen. Immer wieder redetet sie sich ein, es sei besser so. In den darauffolgenden Jahren hatte sie hin und wieder einen Freund. Aber es war nie wieder so wie mit Duri. Es war, als würde sie ihn irgendwie hintergehen. Sie ertappte sich immer wieder dabei, wie sie an ihn dachte. Sie telefonierte hin und wieder mit ihrer Grossmutter und mit Ladina, fuhr aber nur noch sehr selten ins Bergdorf. Wenn sie jeweils bei Maria zu Besuch war, hoffte sie stets, dass sie Duri nicht begegnete. Auch sonst vermied sie es, jemanden nach ihm zu fragen. Sie entschuldigte sich immer öfter und schob ihre Arbeit vor. Alle schienen sie zu verstehen und ihre Grossmutter meinte nur: «Du bist noch jung, aber bitte pass auf dich auf und folge deinem Herzen!» Bei diesem Gedanken wurde ihr das Herz schwer. Sie weinte,

zum ersten Mal ohne ihre Trauer zu unter-
drücken. Sie weinte all die Tränen, die sie
immer zurückgehalten hatte. Sie trauerte um
den Verlust ihrer geliebten Grossmutter und
gleichzeitig brach all der aufgestaute
Schmerz von damals aus ihr heraus.

Wiedersehen

Als Alisea sich wieder ein wenig beruhigt hatte, machte sie ein Feuer im Ofen. Sie wollte lieber auf dem alten Holzherd kochen statt mit Gas. Vor zwei Jahren, an Weihnachten, war sie zum letzten Mal hier gewesen. Seither hatte sich kaum etwas verändert. Sie machte eine Runde durchs ganze Haus. Immer wieder blieb sie stehen und war umgeben von vielen Erinnerungen. Zum Schluss ging sie in den Vorratsraum um nachzusehen, ob überhaupt noch brauchbare Lebensmittel da waren. Ladina hatte ihr einen Korb mit frischem Gemüse hiergelassen. Sie fand im Vorrat eine Packung Teigwaren und ging damit zurück in die Küche. Im Türrahmen blieb sie vor Schreck wie angewurzelt stehen, denn da stocherte ein Mann mit dem Schürhaken im Feuer herum. Alisea überlegte fieberhaft, ob sie etwas sagen oder besser ganz leise wegschleichen sollte. Doch bevor sie sich entschieden hatte, murmelte er: «Du hättest den Schieber öffnen sollen.» Sie roch und sah, dass er recht hatte, aber sie liess sich nicht gerne bevormunden. Was bildete sich dieser Kerl eigentlich ein. Er konnte doch hier nicht einfach so reinspazieren und… Als er sich zu ihr umdrehte, blieben ihr die soeben zurechtgelegten Worte im Halse stecken. «Duri…» stotterte sie ganz verwirrt. Er war es tatsächlich, ihr Freund aus Kindertagen und ihre erste grosse Liebe. Er machte ein paar Schritte auf sie zu und drückte sie mit einem «Beinvegni, co vai?» kurz an sich. Sie starrte ihn schweigend an und ihr Herz klopfte wie wild. Er war genauso älter geworden wie sie selbst. Allerdings war er noch männlicher und attraktiver als damals schon. Duri musterte sie ebenfalls von der Seite und brummte dann: «Verstehst du kein Rätoromanisch mehr?» Er gab den Unnahbaren während sie nach wie vor um ihre Fassung kämpfte. So lässig wie nur möglich antworten sie: «Und wenn es so wäre?» Er ging gar nicht erst darauf ein. Stattdessen meinte er: «Du kannst die Nudeln wieder wegräumen. Meine Mutter kocht gerade für uns Pizokels zum Abendessen.» Sie war überrascht: «Madlaina erwartet uns?» «Ja, sie meinte ich soll dich abholen. Ist doch selbstverständlich, dass du heute Abend bei uns isst!» Alisea war doch etwas verunsichert. «Denkst du, dass ich den Herd alleine lassen darf?» Wieder bekam sie keine Antwort.

Sie musste fast rennen um mit Duri Schritt zu halten. Der Weg führte hinter dem alten Haus hinauf zum Waldrand und über einen schmalen Feldweg zum Hof der Familie Simonet. Als sie beim Haus ankamen, war sie ganz schön ausser Atem. Duri konnte es nicht lassen: «Du bist wohl ein richtiger Stadtmensch geworden?» Schon wieder wurde sie säuerlich, doch bevor sie etwas erwidern konnte, stürmte ein grosser, schwarzer Schäferhund auf sie zu. Ihr Herz machte unweigerlich einen Satz, denn nach einem unschönen Erlebnis in ihrer Kindheit, hatte sie recht grossen Respekt vor Hunden. Der Vierbeiner sprang an ihr hoch und warf sie mit seiner stürmischen Begrüssung fast zu

Boden. Aber er schien keine bösen Absichten zu haben. Er beschnupperte sie und leckte ihr zur Begrüssung die Hand. Offensichtlich hatte es Duri gefallen herauszufinden, wie sie auf den Hund reagierte. Denn als er Nero endlich zurückrief, gehorchte er aufs Wort. Zusammen betraten sie das Haus und während sie ihre Schuhe auszog, rief Duri Richtung Küche: «Wir sind da!» Einen Augenblick später kam Madlaina aus der Tür und begrüsste sie mit einer liebevollen Umarmung. «Schön, dass du endlich wieder da bist! Komm rein und setz dich! Wir trinken einen Kaffee bis Duri im Stall fertig ist.» Madlaina wollte wissen, wie es Alisea in den letzten Jahren ergangen war. Sie sprachen auch von Maria und weinten zusammen um die alte, liebenswürdige Frau. Sie hatten kaum die Tränen getrocknet, als Duri zurück in die Küche kam. Madlaina tätschelte seinen Arm: «Ist unsere Alisea nicht eine wahre Schönheit geworden?» Duri schaute Alisea direkt in die Augen, aber er schwieg. Madlaina war nicht entgangen, wie sich die beiden anschauten, ja schon fast anstarrten. Sie verteilte die Pizokels auf die Teller, goss Wein in die Gläser und wünschte: «Bun appetit!» Sie redeten über dies und das, aber Duri beteiligte sich nur halbherzig am Gespräch. Woran er wohl gerade dachte? Kaum hatte er fertig gegessen, stand er auf und sagte: «Ich gehe nochmal in den Stall und dann unter die Dusche. Wenn du willst, bringe ich dich nachher nach Hause.» Ohne ihre Antwort abzuwarten, verschwand er wieder nach draussen. Madlaina sah Alisea's gerunzelte Stirn und versuchte zu erklären: «Er ist nicht mehr der Gleiche, seit sein Vater gestorben ist.» Alisea wusste nur zu gut, dass dies nicht der einzige Grund für Duri's komisches Verhalten war. Schnell hatte sie sich wieder gefasst und fragte Madlaina vorsichtig, wie es ihr denn seit dem Tod ihres Mannes ergangen war. Gion war vor fünf Jahren an einem Herzinfarkt gestorben. Duri arbeitete nach der Ausbildung als Zimmermann einer Schreinerei und hatte eine kleine

Wohnung im Dorf. Er hatte geplant für neun Monate nach Kanada zu gehen, als sein Vater überraschend starb. Stattdessen stornierte er seine Reise und übernahm den elterlichen Landwirtschaftsbetrieb. Madlaina kümmerte sich wie bisher um den Haushalt und den Garten. Sie vermisste ihren Mann noch immer sehr, aber sie machte das Beste aus der neuen Lebenssituation. Die beiden Frauen redeten über die unterschiedlichsten Dinge. Madlaina machte kein Geheimnis daraus, dass es für Duri langsam aber sicher Zeit wäre eine Familie zu gründen. Aber er sei wohl einfach zu stur und zu wählerisch. Plötzlich stand Duri wieder in der Küche und wies seine Mutter barsch zurecht: «Hör endlich auf damit! Das geht dich nichts an!» Alisea war überrascht über den schroffen Tonfall und merkte sofort, dass dieses Thema wohl bereits zu einigen Meinungsverschiedenheiten zwischen den beiden geführt hatte. Deshalb stand sie auf und bedankte sich bei Madlaina für das feine

Abendessen. Nachdem sie sich verabschiedet hatte, machte sie sich mit Duri auf den Weg zum Haus am Waldrand. Zuerst gingen sie schweigend nebeneinander her. Doch dann beschloss sie den Stier bei den Hörnern zu packen. «Wieso begleitest du mich nach Hause, Duri?» «Ich schaue mir deinen Herd noch einmal an.» Irgendwie war sie enttäuscht. Sie wusste nicht, was sie erwartet hatte, aber auf jeden Fall nicht, dass es nun schon wieder um den Holzherd gehen würde. Entsprechend genervt fragte sie: «Was ist denn mit dem Herd? Traust du mir nicht zu, dass ich richtig Feuer machen kann?» Zum ersten Mal an diesem Tag schien er überrascht. Ein Lächeln huschte über sein Gesicht. «Es ist nicht so wie du denkst. Der Herd und der Ofen sind schon uralt und waren nun ein paar Monate nicht mehr in Betrieb. Ich möchte nur sicher sein, dass der Kamin noch richtig zieht, denn mit einem Kaminbrand ist nicht zu spassen! Maria hat mich immer gerufen, wenn das Feuer im Herd oder im Holzofen nicht mehr richtig

brennen wollte. Also mach dir keine Gedanken.»

Ein spätes Geständnis

Nachdem er die Aschenschublade geleert und den Herd genau angeschaut hatte, machte er ein Feuer und kontrollierte ob alles so funktionierte, wie es sollte. Alisea hatte ihn die ganze Zeit beobachtet und war beeindruckt mit welcher Sorgfalt und wie gewissenhaft er arbeitete. Seine Arme und sein Gesicht waren von der Sonne gebräunt. Seine dunklen Locken waren noch feucht und ein paar Strähnen hingen ihm eigenwillig ins Gesicht. Er wischte sich mit der Hand über die Stirn und hinterliess dabei eine breite Russ-Spur. Sie versuchte sich das Lachen zu verkneifen. Doch als er sie mit seinen dunkelbraunen Augen fragen ansah, war es vorbei mit der Beherrschung. Sie tippte ihm lachend an die Stirn. «Du siehst einfach zu komisch aus mit deiner Kriegsbemalung!» Reflexartig griff er sich an den Kopf und hinterliess eine weitere schwarze Spur. Lachend ging Alisea ins Bad und holte einen Waschlappen. Als sie ihn Duri reichte, packte er ihr

Handgelenk und funkelte sie gespielt böse an: «Dafür musst du mir jetzt einen Kaffee machen!» Sie fragte sich langsam, wie viele Tassen Kaffee sie heute schon getrunken hatte. Kurze Zeit später sassen sie draussen auf der Veranda. Es war ein wunderschöner Abend. Es war bereits dunkel geworden und sie konnten in der nahen Wiese die Grillen zirpen hören. Alisea schaute zum Himmel empor und Duri schien ihrem Blick zu den Sternen zu folgen. Plötzlich griff er nach ihrer Hand. Seine Finger waren rau und die Schwielen zeugten von der Arbeit im Stall und auf dem Feld. Er streichelte sie sanft und schaute wie gebannt hinauf zum Firmament. Sie vermutete, dass er ebenfalls an die Sommernacht vor vielen Jahren dachte, als er überraschend fragte: «Bleibst du dieses Mal?» Der Druck seiner Finger war etwas stärker geworden. Trotzdem zog sie ihre Hand zurück und sagte: «Ich kann nicht hierbleiben, ich muss am Freitag wieder zurück nach Bern.» «Ich habe so lange auf dich gewartet - all die Jahre, fragte ich mich, ob du irgendwann zu mir zurück kommst… wieso hast du uns damals keine Chance gegeben und den Kontakt abgebrochen?» Sie spürte den Schmerz in seiner Stimme und schluckte. Ihr Herz schlug ihr bis zum Hals und dennoch wusste sie einfach nicht, was sie sagen sollte. Seine Hände hatte er mittlerweile zu Fäusten geballt, denn ihr Schweigen frustrierte ihn: «Wieso bist du überhaupt zurückgekommen? Nur wegen der Erbschaft?» stiess er grimmig hervor. Sie fühlte sich in die Ecke gedrängt, ihre Gedanken überschlugen sich und sie war überfordert. Nein, sie hatte keine Ahnung mehr, was sie wirklich wollte. Seine Augen blitzten wütend und er knurrte: «Wir sind keine Teenies mehr, Alisea!» Ohne ein weiteres Wort verliess er die Veranda und verschwand in der Dunkelheit.

Sie lag die ganze Nacht wach im Bett. Zuerst dachte sie, es läge wirklich am vielen Kaffee oder dran, dass sie so viel geweint hatte. Aber irgendwann musste sie sich eingestehen, dass Duri der Grund war. Sie wusste nur zu gut, was er gemeint hatte und war ziemlich verzweifelt und ratlos. Ihr war von Anfang an klar gewesen, dass die Rückkehr in dieses Haus nicht einfach werden würde. Mit solch einem turbulenten, ersten Tag in Mustér hatte sie allerdings nicht gerechnet. Die Erkenntnis traf sie wie ein Blitz: Sie hatte allen etwas vorgemacht und am Allermeisten hatte sie sich selbst beschwindelt. Sie war schon sehr lange nicht mehr ihrem Herzen gefolgt. Sie traf ihre Entscheidungen vor allem mit dem Kopf. Aber was wollte ihr Herz?

In der Nachbarschaft, lag noch jemand wach und konnte einfach keinen Schlaf finden. Duri ärgerte sich noch immer, über den Ausgang des Abends. Nun war sie endlich wieder hier und er hatte sich schon am ersten Tag mit ihr gestritten. Alisea war eine wunderschöne Frau geworden. Ihre Augenfarbe variierte je nach Lichteinfall von grün, blau bis grau und ihre rotblonden Haare trug sie viel länger als früher. Wenn sie lächelte, so wie beim Abendessen, umspielten kleine

Fältchen ihren Mund. Am liebsten hätte er sie gleich bei ihrer ersten Begegnung in der Küche an sich gezogen und geküsst. Wie oft hatte er versucht sich vorzustellen, wie sie jetzt aussah. Egal was er auch machte, er hatte sie einfach nicht vergessen können. Jede seiner bisherigen Freundinnen hatte er heimlich mit ihr verglichen. Über kurz oder lang hatte keine diesem unfairen Vergleich standhalten können. Er wusste, dass es unrealistisch war, aber trotzdem tat er es immer wieder. Wann immer jemand über Alisea gesprochen hatte, war er zweigeteilt. Er wollte wissen, wie es ihr ging und gleichzeitig wollte er sich selbst schützen. Nur zu gut erinnerte er sich an den unglaublichen Scherz nachdem er ihren letzten Brief bekommen hatte. Nun, da sie endlich wieder hier war, musste er einfach Klarheit haben. Aber er wollte nichts überstürzen. Wohl oder übel musste er ihr vorerst aus dem Weg gehen.

Nachdem sie den halben Samstag verschlafen hatte, fuhr Alisea am Sonntag mit der

Luftseilbahn nach Caischavedra. Sie wanderte bis zum Lag Serein und liess dort ein wenig die Seele baumeln. Nach einem feinen Mittagessen im Bergrestaurant fuhr sie wieder zurück ins Tal. Am Abend schmerzten ihre Füsse, aber der Ausflug in die Höhe hatte ihr sehr gefallen. Die frische Luft und die atemberaubende Bergwelt waren ein krasser Gegensatz zu ihrem Alltag in der Stadt.

Beim Einkaufen im Dorf traf sie einige Menschen, die sie von früher kannte. Sie freuten sich über das Wiedersehen und immer wieder wurde sie darauf angesprochen, was aus dem Haus ihrer Grossmutter werden würde. Sie besuchte Curdin in der Gärtnerei und staunte, wie sehr er sich verändert hatte. Am Dienstag besuchte sie wie versprochen Ladina und ihrer Familie. Es war sehr schön und gemütlich und Alisea fühlte sich sofort wohl. Ladina's Tochter Milena war 2 Jahre alt und schon nach kurzer Zeit hatte der kleine Wirbelwind mit den blonden Locken und den grossen blauen Augen sie um den

Finger gewickelt. Sie ertappte sich beim Gedanken, ob sie wohl auch mal eigene Kinder haben würde. Unwillkürlich dachte sie dabei an Duri. Ladinas Mann brachte Milena nach dem Essen ins Bett. Mit einem Augenzwinkern verabschiedete er sich. «So nun habt ihr Zeit für eure Frauengespräche!» Kaum waren die beiden verschwunden, meinte Alisea anerkennend: «Du hast wirklich eine wunderbare Familie!» Ladina lächelte sie glücklich an und erwiderte: «Ja, die beiden sind das Beste was mir passieren konnte!» Doch dann wechselte sie überraschend das Thema: «Hast du schon mit Duri gesprochen?» Alisea war etwas irritiert, aber sie antwortete so locker wie möglich: «Ja, ich habe ihn am Freitag gesehen. Er hat sich um meinen Herd gekümmert.» Ladina schaute sie ernst an. «Und wann kümmert ihr euch endlich umeinander?» Diese direkte Frage brachte sie in Verlegenheit: «Du… hast du… hat er…» Jetzt lachte ihre Freundin. «Meinst du etwa, ich wusste nicht, was damals los war! Ihr habt euch in jenem Sommer regelrecht angehimmelt!» Als du wieder weg warst und Duri von Tag zu Tag schlechter gelaunt war, habe ich ihn einmal darauf angesprochen. Er hat mich allerdings nur angeschnauzt und gemeint ich solle mich um meine eigenen Dinge kümmern. Ich sah ihm an, wie er litt. All die Jahre sah ich immer wieder diese Wehmut in seinem Blick. Um ehrlich zu sein, seitdem unser Vater gestorben ist, ist es noch schlimmer geworden. Alisea, bitte redet endlich miteinander! Ich erwarte nicht, dass einfach wieder alles wird wie damals. Aber schliesst wenigstens endlich Frieden miteinander!» Sie schwiegen eine ganze Weile und beide hingen ihren eigenen Gedanken nach. Als Alisea wieder aufblickte, sagte sie mit tränenerstickter Stimme: «Ich weiss einfach nicht, was ich machen soll. Ich habe meine Wohnung und meine Arbeit in Bern und er lebt hier.»

In den letzten Tagen hatte sich Alisea im alten Haus am Waldrand immer wohler gefühlt. Es war ein fast vergessenes Gefühl einfach in den Tag hinein leben zu können. Sie hatte das ganze Haus erkundet und immer wieder gestaunt, was sie alles fand. Neben vielen Erinnerungen an ihre Grossmutter und ihre Kindheit, fand sie auch andere kleine Schätze. Zum Beispiel eine ganze Sammlung von Büchern über Kräuter und ihre Heilkräfte. Aber das Beste fand sie im grossen Schlafzimmer in einer alten Holzkiste. Ihre Grossmutter hatte in dieser Schatztruhe ihre Geschichten gesammelt. Viele hatte sie von Hand in Notizhefe geschrieben. Einige waren aber auch auf losen Blättern in einer ganz anderen Handschrift verfasst. Wann immer sie eine dieser Geschichten las, fühlte sie sich wie verzaubert. Es war als würde ihre Grossmutter neben ihr sitzen und ihr aufmunternd zuhören. Alisea dachte daran, wie gerne ihre Grossmutter Geschichten geschrieben und erzählt hatte. Obwohl sie sich alleine um das Haus und den grossen Garten gekümmert hatte, nahm sie sich immer Zeit, wenn jemand eine Geschichte hören wollte. Alisea hatte sich stets gefragt, welche Geschichten wohl wahr und welche erfunden waren. Aber Maria meine nur, in jeder Geschichte steckt ein wahrer Kern und was richtig oder falsch ist, muss jeder selber herausfinden.

Enttäuschung

In den letzten Tagen hatte Alisea Duri nicht
mehr gesehen. Ladina hatte Recht, die Zeit
für ein klärendes Gespräch war wirklich reif.
Es war bereits Mittwoch und am Freitagmor-
gen würde sie zurück nach Bern fahren. Sie
sass auf der alten Bank vor dem Haus, sah
den Wolken zu und dachte, dass vielleicht
ein Gewitter aufziehen könnte. Trotzdem
machte sie sich auf den Weg. Sie würde sicher rechtzeitig zurück sein aber nun musste
sie endlich mit ihm reden. Madlaina hatte ihr
gesagt, dass sie Duri im Wald oberhalb des
alten Stalles finden würde. Der schmale
Trampelpfad, der direkt hinter dem Haus in
den Wald hinaufführte, war steil und von
hohem Gras überwachsen. Dieser Weg war
zwar anstrengender, aber er führte sie
schneller zum Ziel. Sie hatte das Wetter allerdings ziemlich falsch eingeschätzt. Schon
bald hörte sie Donnergrollen und grosse Re-
gentropfen fielen durch die Lücken des Blät-
terdaches. Bei einem aufziehenden Gewitter

sollte sie besser nicht im Wald sein, dass wusste sie. Ihre Mutter hatte es früher oft genug betont. Nun musste sie endlich mit Duri reden und so ging sie entschlossen weiter. Sie begann nach ihm zu rufen und lief eine ganze Weile im Wald umher bis sie schliesslich erfolglos und enttäuscht den Rückweg antrat. Der Regen wurde immer stärker und innert kürzester Zeit war sie von oben bis unten nass. Die Kleider klebten förmlich an ihr und das Gewitter kam immer näher.

Duri hatte im alten Stall am Waldrand Schutz vor dem Gewitter gesucht. Er sass im Heu und schnitzte an einem Stück Holz herum. Seine Gedanken waren, wie so oft, bei Alisea. Ob sie sich wohl immer noch vor Gewittern fürchtete? Da sah er sie. Zuerst traute er seinen Augen nicht recht, aber es gab keinen Zweifel. Völlig durchnässt kam Alisea näher und rief nach ihm. Es war eher ein Schreien als ein Rufen und er spürte ihre Angst. So schnell er konnte, kletterte er vom Heuboden und rannte ihr entgegen. Als er bei ihr war, zog er sie schnell mit sich in den

Stall. Dort angekommen drückte er sie immer noch fest an sich. «Du zitterst ja am ganzen Körper!» stiess er hervor. «Du musst die Kleider ausziehen, sonst erkältest du dich. Als er sah, wie sie erstarrte, begann er zu lächeln. «Keine Angst, ich stürze mich nicht gleich auf dich!» Er kletterte die Leiter hinauf und rief über die Schulter: «Komm rauf, ich habe ein paar Wolldecken hier oben.» Alisea war noch immer sprachlos und stand wie angewurzelt vor der Leiter. Da zog er sich bereits sein nasses T-Shirt über den Kopf. Kaum war er damit fertig, entledigte er sich auch seiner Jeans. Was offensichtlich gar nicht so einfach war. Er hängte seine nassen Kleider über einen Holzbalken und grinste sie an: «Nun komm endlich rauf und zieh die nassen Kleider aus.» Wären wir zusammen im Schwimmbad, würden wir uns auch so sehen.» Sie musste eingestehen, dass sie gegen dieses Argument nichts sagen konnte. Widerwillig stieg sie die Sprossen der Leiter hinauf während er eine der Wolldecken über seine Schultern zog. Als sie oben angekommen wieder zögerte, fragte er herausfordern: «Soll ich dir helfen?» Ob er sich wohl bewusst war, was sein halbnackter, nasser Körper für eine Wirkung auf sie hatte? Die Situation war ihr irgendwie peinlich, obwohl sie sich früher auch schon ganz nackt gesehen hatten. Doch bevor er tatsächlich wieder aufstand, gab sie sich endlich einen Ruck und zog ebenfalls ihr T-Shirt und ihre Hose aus. So schnell sie konnte, hängte sie die Kleider neben Duri's Sachen und wickelte eine der kratzigen Wolldecken um sich. So setzte sie sich umständlich neben ihn ins Heu. «Was zum Teufel machst du bei diesem Wetter im Wald?» wollte er nun wissen. Sie schaute ihn eine Weile an und erwiderte dann schlicht: «Ich habe dich gesucht. Weil ich endlich mit dir reden wollte!» Noch immer sah er sie vor sich wie sie vorher kurz im Slip und BH vor ihm gestanden war. Sie hatte es zwar sehr eilig gehabt mit der Wolldecke, aber was er gesehen hatte, gefiel ihm sehr gut. Nur zu gerne würde er zu ihr unter

die Wolldecke schlüpfen um sie etwas auf-
zuwärmen. Aber er musste vorsichtig sein,
sonst würde die Situation womöglich wieder
aus dem Ruder laufen. Er schluckte und
kämpfte um seine Selbstbeherrschung.
«Über was, wolltest du denn mit mir reden?»
Sie zog die Knie an und umschlang sie mit
beiden Armen. Es sah aus, als wollte sie sich
selbst beschützen. «Duri versprich mir, dass
du mir einfach nur zuhörst, ja?» Er nickte
stumm. Mit ruhiger Stimme begann sie zu
erzählen: «Du kannst dir gar nicht vorstellen, was du mir bedeutet hast. Du warst
meine erste grosse Liebe!» Mit einem Schlag
waren die Wut und der Schmerz von damals
wieder da und hatte ihn fest im Griff. Sie
sprach, als wäre alles vorbei, doch für ihn
war noch lange nicht alles vorbei! Wenn er
ihr in die Augen sah, war für ihn alles klar.
Er musste sich beherrschen und ihr zuhören.
Sie spürte den inneren Kampf, den er auszu-
fechten schien. Sie überlegte, was sie ihm am
besten sagen sollte. «Duri, es gab andere
Männer in meinem Leben.» Er ballte seine

Fäuste, obwohl er in den letzten Jahren keineswegs wie ein Mönch gelebt hatte. «Aber weisst du, heimlich habe ich die Männer immer mit dir verglichen. Obwohl ich wusste, dass auch du sicher nicht mehr der gleiche bist, war ich überzeugt, dass keiner so ist wie du!» Nun war es vorbei mit der Beherrschung: «Wieso bist du dann nie zu mir zurückgekommen? Wie konntest du mich mit so einem knappen Brief abfertigen?» Sie verkrampfte sich. Egal wie sie argumentierte, er hatte Recht. Deshalb sagte sie traurig aber ehrlich: «Ich weiss es nicht! Aber ich kann die Zeit nicht zurückdrehen.» Mit einem Mal war sie sehr müde. Am liebsten hätte sie auf der Stelle geschlafen und wäre so dieser Diskussion entronnen. Müde griff sie nach seinem Arm. Doch er schüttelte sie unsanft ab. «Duri, wir können die Uhr nicht zurückdrehen. Ich kann dir nur sagen, dass es mir sehr leidtut. Ich sah damals einfach keine gemeinsame Zukunft für uns!» «Und wie sieht es heute aus?» fragte er unvermittelt. Als sie nicht sofort antwortete, stand er wortlos auf.

Er nahm seine nassen Kleider und ging. Er hatte weder auf ihre Bitte zu bleiben reagiert noch hatte er zurück geschaut…

Zurück im Alltag

Zehn Tage später sass Alisea in ihrem Büro in Bern und ertappte sich dabei, dass sie mit ihren Gedanken schon wieder ganz weit weg war. Sie hatte Duri vor ihrer Abreise nicht mehr gesehen. Er war ihr bestimmt absichtlich aus dem Weg gegangen. Sie hatte Madlaina gesagt, dass sie so bald wie möglich wiederkommen würde um alles mit dem Haus am Waldrand zu regeln. Ladina hatte ihr angeboten, sich vorübergehend um das Haus und den Garten zu kümmern und sie hatte dieses Angebot dankend angenommen. Aber das alles änderte nichts daran, dass sie sich elend fühlte. Alisea wurde von ihrem Vorgesetzten zu einem Gespräch in sein Büro gebeten. Sie erwartete nichts Gutes. Wie befürchtet wurde es ein sehr unangenehmes Gespräch. Herr Meier war aufgefallen, dass sie seit der Reise ins Bündnerland sehr verändert war. Oft machte sie blöde Flüchtigkeitsfehler und war nicht recht bei der Sache. Das war zuvor praktisch nie vorgekommen. Alisea war eine Perfektionistin und gab sich grundsätzlich die grösste Mühe, fehlerfrei zu arbeiten. Ihr Chef kam direkt zum Punkt. Seine Stimme verbarg nicht, wie unzufrieden er war: «Was ist eigentlich los, Frau Morini? Sie wissen, dass ihre Arbeit in den letzten Tagen alles andere als zufriedenstellend war. Sie haben eine Vorbildfunktion und ausserdem wissen Sie genau, was für Folgen solche Missgeschicke haben können. Gehen Sie nach Hause und kommen Sie bitte erst am Montag wieder. Sorgen Sie gefälligst dafür, dass Sie bis dahin wieder voll einsatzfähig sind!» Sie war entsetzt. Als sie etwas erwidern wollte brummte er: «Unser Gespräch ist für heute beendet!» Aufgewühlt ging sie zurück an ihren Schreibtisch, packte ihre Sachen zusammen und machte sich auf den Heimweg. Das Getuschel ihrer Arbeitskolleginnen versuchte sie zu ignorieren, genauso wie sie es schon seit Tagen tat.

Duri hatte Alisea's Abreise keineswegs kalt gelassen. Am liebsten wäre er in der Nacht vor Ihrer Heimfahrt noch einmal zu ihr gegangen. Er wollte sie endlich wieder richtig küssen und ihr zeigen, was er für sie empfand. Aber sein Stolz hatte es nicht zugelassen. Er hatte genau gewusst, dass so nur alles noch komplizierter geworden wäre. Aber wieso fühlte er sich nun wie ein Versager? Wieso hatte er die Chance, die er gehabt hatte, nicht genutzt? Nun war sie wieder weg – schon wieder. Dazu kamen die finanziellen Probleme auf dem Hof. Der Betrieb warf einfach nicht genug ab, obwohl er alles versuchte und hart dafür arbeitet. Er musste mit seiner Mutter reden obwohl er genau wusste, dass sie dann wieder weinen würde. Alisea sass auf einer Bank an der Aare. Hierher kam sie gerne um ihren Kopf frei zu bekommen. Aber dieses Mal funktionierte es nicht. Sie dachte an die Worte ihres Vorgesetzten und versuchte eine Lösung für ihre Probleme zu finden. Aber immer und immer wieder schweiften ihre Gedanken zurück in die Bündner Berge. Sie musste sich eingestehen, dass all die Gefühle von damals wieder da waren. Aber wie war das überhaupt möglich? Sie liebte ihn noch immer und nun vermisste sie ihn. Ihre Mutter war sehr überrascht, dass sie an einem Donnerstagmorgen unangemeldet vor ihrer Türe stand. Kurze Zeit später sassen sie bei einer Tasse Kaffee auf der Terrasse. Müde und traurig erklärte Alisea ihrer Mutter, was in der Bank vorgefallen war. Es war an der Zeit mit ihr über Duri zu sprechen. Sie wusste nicht recht, wo sie anfangen sollte. Aber da platzte es auf einmal einfach so aus ihr heraus: «Ich liebe ihn! Ich liebe ihn noch immer!» Ihre Mutter lächelte und sagte zu ihrer grossen Überraschung ganz ruhig: «Ich weiss. Schön, dass du es endlich selber einsiehst!» Alisea konnte nicht glauben, was ihre Mutter da sagte. «Du wusstest es? Aber wieso hast du nie etwas gesagt?» «Was hätte ich denn machen sollen? Es war offensichtlich, dass du nicht darüber reden wolltest!» Aber einen Wunsch hätte ich an dich: «Hör endlich auf dein Herz, Alisea!»

Ein paar Wochen später war Alisea wieder unterwegs Richtung Graubünden. Sie konnte es selbst noch kaum glauben. Sie hatte für Ihre Wohnung eine Nachmieterin gefunden, die gerade dabei war einzuziehen. Ihre Stelle bei der Bank hatte sie von heute auf morgen gekündigt und mit ihrem Vorgesetzten einen Deal ausgehandelt damit ihr Weggang für beide Parteien positive Auswirkungen hatte. In den letzten Wochen hatte sie so viele Arbeiten wie nur möglich abgeschlossen und Ihre Pendenzen sauber und gewissenhaft an ihre Kolleginnen übergeben. Nun war sie unterwegs in ein neues Leben. Sie wollte ein paar Monate in Mustér bleiben und während dieser Zeit herausfinden wo und wie ihr Leben weitergehen würde.

Neues Leben

Alisea war gut vorwärtsgekommen und erreichte am frühen Nachmittag das Haus ihrer Grossmutter am Waldrand. In Gedanken korrigierte sie sich, nun war es ihr Haus. In den nächsten Tagen war sie damit beschäftigt Möbel zu rücken, Wände zu streichen und das ganze Haus gründlich zu putzen. Mit Curdin's Hilfe hatte sie einige Dinge entsorgt und Platz gemacht. Nach einer Woche lief sie zufrieden durch die Zimmer und begutachtete das Ergebnis ihrer Arbeit. Irgendwann würde sie das Haus richtig renovieren lassen, aber für's Erste war sie sehr zufrieden.

Am Sonntag war sie bei Madlaina auf dem Hof gewesen. Aber Duri hatte sie noch nicht wiedergesehen, obwohl sie sich das sehr wünschte. Sie mussten ihm irgendwann von ihrem Entschluss erzählen. Zuerst wollte sie ihn bitten bei ihr vorbei zu kommen. Doch dann entschied sie sich doch anders. Am nächsten Morgen klingelte ihr Wecker um

5.00 Uhr. Sie war ein Morgenmensch und hatte nur selten Mühe gehabt früh aufzustehen. Als sie noch in der Bank gearbeitet hatte, stand sie immer um 5.30 Uhr auf. Obwohl sie vor nicht einmal zwei Wochen noch dort gearbeitet hatte, kam es ihr vor, als wäre dies ein schon längst abgeschlossenes Kapitel ihres Lebens. Sie zog sich an und flocht ihre langen Haare zu einem Zopf. Ein Stück Brot und eine Tasse Tee mussten als Frühstück reichen. Dann machte sie sich auf den Weg zu Duri. Er musste um diese Zeit bei den Kühen im Stall sein. Zielstrebig ging sie durch das grosse Tor am Traktor und der Ballenpresse vorbei. Nero, der Schäferhund, kam ihr schwanzwedelnd entgegen und hätte sie beinahe verraten. Er hatte sie offenbar sofort erkannt und kam zu ihr, um sie wie immer stürmisch zu begrüssen. Drinnen war es um diese Zeit schon recht warm. Im vorderen Teil des Stalles kümmerte sich Duri wie erwartet um die Kühe. Er war gerade am Melken und sie wollte ihn nicht erschrecken oder stören. Deshalb beschloss sie zu warten, bis er mit seiner Arbeit fertig war. Sie beobachtete seine routinierten Handgriffe. Er kam recht schnell vorwärts obwohl er bei jeder Kuh einen kleinen Moment verharrte und ihr nach dem Melken ein wenig den Rücken kraulte, bevor er sich dem nächsten Tier zuwandte. Es berührte sie, dass er trotz der täglichen Gewohnheit, so fürsorglich mit den Tieren umging. In der hintern Reihe muhte eine Kuh. Irgendetwas schien bei ihr nicht in Ordnung zu sein, denn die Kuh lag am Boden und atmete schwer. Duri schien aber nicht beunruhigt. Mit ruhiger Stimme rief er: «Ich komme Flora.» Alisea überlegte noch, was sie nun machen sollte, da hatte er sie bereits entdeckt. «Was machst du denn hier?» Sie lächelte und war ein wenig verlegen: «Ich wollte dich wiedersehen!» Er war hin und her gerissen zwischen seinem Pflichtbewusstsein und seinem Verlangen endlich alles mit ihr zu klären. Schon seit Tagen musste er sich beherrschen. Es war unglaublich anstrengend gewesen zu wissen, dass sie wieder hier war und sich trotzdem zurück zu halten. Nun gab es Etwas zu tun, was nicht warten konnte. «Wenn du schon hier bist, kannst du mir gleich helfen.» Er wollte sie herausfordern und genauso schaute er sie auch an. Ihr Ehrgeiz war sofort geweckt. Fröhlich fragte sie: «Und was gibt es für mich zu tun?» Er war überrascht, dass sie so selbstverständlich auf seine Forderung einging. «Wasch dir die Hände und Unter-arme, Flora bekommt nächstens ihr Kalb.» Er beobachtete sie genau. Ohne zu zögern ging sie zum Waschbecken. Er begann die Melk-maschine zu reinigen und war froh, dass er gerade noch rechtzeitig fertig geworden war.

Drei Stunden später sassen sie völlig ver-schwitzt zusammen vor dem Stall. Alisea war bereits als kleines Mädchen hin und wieder dabei gewesen, wenn eine Kuh kalbte. Aber dieses Mal war es doch ganz an-ders gewesen. Die Kuh hatte zuerst Mühe gehabt, weil das Kalb nicht ganz richtiglag. Aber Duri wusste, was zu tun war und so war alles gut gegangen. Nachdem Alisea das

Kälbchen mit Stroh abgerieben hatte, begann Flora es ausgiebig abzulecken. Zuerst lag es nur ganz benommen da, aber irgendwann war es doch ganz umständlich aufgestanden. Es war ein überwältigendes Gefühl, dass sie das zusammen geschafft hatten. Und Ihr wurde bewusst, dass es auch hätte anders kommen können.

Madlaina sah die beiden zusammen vor dem Stall sitzen. Ein glückliches Lächeln hatte sich auf ihrem Gesicht ausgebreitet. Sie wusste, dass es besser war die beiden alleine zu lassen. Als sie das Haus verliess, rief sie den beiden zu, dass sie noch ins Dorf runtergehe: «In der Küche steht noch frischer Kaffee, geht doch rein und esst etwas!» Erst jetzt merkte Alisea, dass sie einen Bärenhunger hatte. Duri nahm wie selbstverständlich ihre Hand und ging mit ihr ins Haus. Kurz darauf sassen sie in der Küche und assen ein spätes Frühstück. Duri sah sehr müde aus und sie fragte sich, woran das wohl liegen mochte. Jetzt war irgendwie der falsche Moment für ihr geplantes Gespräch. Sie erhob sich und begann das Geschirr abzuräumen. Auch er war aufgestanden und als sie wieder an den Tisch trat um die Kaffeekanne zu holen, zog er sie auf einmal in seine Arme. Ihr Herz klopfte wie wild. Sie hatte sich so danach gesehnt und doch war sie nun überrumpelt. Mit einer Hand strich er ihr sanft eine Haarsträhne aus dem Gesicht. Er schaute ihr direkt in die Augen und sie überlegte, ob sie etwas sagen sollte. Doch da lagen seine Lippen bereits auf ihren. Sie spürte seinen Körper an ihrem. Es war ein unbeschreibliches Gefühl. Doch genauso überraschend wie er angefangen hatte, liess er sie wieder los und machte einen Schritt zurück. Mit grösster Mühe und Selbstbeherrschung hatte er sich zurückgezogen. Er hatte ihre Enttäuschung bemerkt, aber er musste sich einfach zur Vorsicht zwingen. Er wollte nicht noch mehr leiden, denn er hatte einfach keine Kraft mehr. Auch wenn er sich langsam nicht mehr sicher war, was ihn mehr Kraft kostete. Die Angst wieder enttäuscht zu werden oder das unglaubliche Verlangen, dass sie in im wachrief, kaum war sie auch nur in seiner Nähe. Er bedankte sich für ihre Hilfe im Stall und für das gemeinsame Frühstück. Dann verabschiedete er sich um im Stall weiter zu arbeiten.

Alisea konnte nicht glauben, was gerade geschehen war. Endlich waren sie sich wieder nähergekommen. Der Kuss war unglaublich schön gewesen und dann liess er sie einfach so stehen. Wut mischte sich in ihre Enttäuschung und sie machte sich mit geballten Fäusten auf den Heimweg. So konnte es einfach nicht weitergehen. Was war nur los mit diesem Mann? Zuhause begann sie Unkraut zu jäten. Ihr Ärger war noch nicht mal halbwegs verraucht, da sah sie Ladina vors Haus fahren. Nachdem sie ausgestiegen war fragte sie direkt: «Was ist denn mit dir passiert? Und was haben dir die Pflanzen zuleide getan?» Erst jetzt bemerkte Alisea wie sie aussah. Ihre Schuhe und Hosen waren voller Kuhmist, das T-Shirt war dreckverschmiert, sie war völlig verschwitzt und ihr Gesicht glühte regelrecht. «Das ist eine längere Geschichte!» zischte Alisea immer noch säuerlich. Ladina lächelte besänftigend und ging zielstrebig aufs Haus zu. «Ich habe Zeit, meine Mutter kümmert sich gerade um Sofia. Wasch dich ein wenig, ich mache uns erst einmal einen Kaffee!» rief sie über die Schulter während sie bereits durch die Türe ins Haus ging.

Kurz darauf sassen sie auf der Veranda und nachdem Alisea erzählt hatte, was am Morgen geschehen war, brach Ladina in schallendes Gelächter aus. «Bitte entschuldige, aber du und Duri seid wirklich unglaublich. Wann sagt ihr euch endlich, dass ihr euch liebt?» Alisea zog beleidigt eine Schnute und versuchte sich zu verteidigen: «Das ist nicht so einfach, wie du denkst!» Ladina lachte noch immer: «Aber auch nicht so kompliziert, wie ihr beide euch anstellt!»

Das Unglück

Am Nachmittag lenkte Alisea sich mit ein paar Geschichten ihrer Grossmutter ab. Madlaina war noch kurz bei ihr vorbeigekommen. Sie hatte ihr erzählt, dass sie für zwei Tage zu einer Freundin ins Unterland fahren würde. Alisea freute sich für Madlaina und wünschte ihr eine schöne Zeit. Gegen Abend verdunkelte sich der Himmel und ein Gewitter zog auf. Das waren die Momente, die ihr überhaupt nicht gefielen. In der Stadt hatten ihr die Gewitter irgendwie weniger ausgemacht. Aber hier in ihrem Haus am Waldrand fühlte sie sich unwohl, wenn es blitzte und donnerte. Es kam ihr so vor, als wäre sie den Naturgewalten hier noch viel stärker ausgeliefert. Als das Donnergrollen immer näherkam, machte sie eine Runde durchs Haus. Sie wollte sicher sei, dass auch wirklich alle Fenster fest verschlossen waren. Gerade als sie im Schlafzimmer die Fensterläden schliessen wollte, geschah es. Ein riesiger Blitz erhellte den dunkeln Nachthimmel und fast gleichzeitig hörte sie einen ohrenbetäubenden Knall. Der Blitz hatte eingeschlagen. Der Einschlag musste ganz in der Nähe gewesen sein. Auf einmal war sich Alisea sicher, dass sie auch wusste wo. Für einen kurzen Moment war sie wie erstarrt. Panik erfasste sie und ohne weiter zu überlegen rannte sie aus dem Haus. Völlig ausser Atem erreichte sie Duri's Hof. Ihre schlimmsten Befürchtungen bewahrheiteten sich. Aus dem Dach des Stalles stieg Rauch auf. Sie konnte keinen klaren Gedanken mehr fassen. Sie rief nach Duri und lief so schnell sie konnte zum Stall. Kaum war sie bei der Türe, kam ihr eine Kuh entgegen und sie musste aufpassen, dass sie nicht mit dem Tier zusammenstiess. Da sah sie Duri, er war ganz hinten im Stall und band die anderen Kühe los. Sie musste ihm helfen! Sie drückte sich zwischen die beiden Kühe die nahe beim Eingang standen und bemühte sich den Karabiner zu lösen. Als es nicht funktionierte begann sie zu zittern. Ihre Angst wuchs, aber auf einmal schaffte sie es doch noch. Sie befreite eine Kuh nach der anderen und trieb sie zur Tür. Da dachte sie plötzlich an das Kälbchen. Sie sah, dass nur noch zwei Kühe im Stall waren und Duri bereits bei ihnen stand. Sie eilte in die Ecke wo das Kälbchen lag. Sie hielt sich den Ärmel ihres Jäckchens vors Gesicht denn der Rauch breitete sich immer mehr im ganzen Stall aus. Da hörte sie Duri schreien: «Alisea, raus hier! Komm sofort raus!» Doch sie wollte unbedingt das Kalb retten. Sie versuchte das Tier am Halsband aus der Box zu ziehen, aber es drückte sich völlig verängstigt an die Wand. Nach einer gefühlten Ewigkeit kam ihr Duri zu Hilfe. Mit vereinten Kräften zogen sie das Kälbchen aus dem Stall und brachten es auf die Wiese. Sie husteten und mussten erst mal wieder zu Atem kommen, aber sie hatten es geschafft! Kurze Zeit später brach der erste Holzbalken des Dachstuhls ein. Als endlich die Feuerwehr eintraf, stand der Stall im Vollbrand. Alisea sass noch immer neben dem zitternden Kalb und versuchte es zu wärmen. Erst jetzt bemerkte sie die beiden Männer. Sie hatten die Kühe zusammengetrieben und liefen nun mit ihnen Richtung Dorf. Duri war bereits wieder verschwunden. Sie wollte ihm hinterher, konnte aber gleichzeitig das Tier nicht alleine lassen. Sie fühlte sich elend, war am Ende ihrer Kräfte und zitterte am ganzen Körper. Immerhin war das Donnergrollen nur noch aus der Ferne zu hören. Sie überlegte angestrengt, was sie mit dem Kälbchen machen sollte, da hörte sie einen Traktor. Ein alter, freundlicher Mann kam auf sie zu und lud mit ihr zusammen das Kälbchen in den Anhänger. Am liebsten wäre sie mitgefahren. Aber sie wollte bei Duri bleiben. Da erfasste sie erneut Panik. Wo war er? Die Feuerwehr hatte in der Zwischenzeit Stellung bezogen und kämpfte gegen die Flammen. Diese waren bereits aufs Haus übergeschlagen. Verstört lief sie Richtung Haus und suchte verzweifelt nach Duri. Aber sie kam nicht weit, ein Feuerwehrmann hielt sie zurück. Er erklärte ihr mit ruhiger Stimme, dass es viel zu gefährlich sei näher an das Haus heran zu gehen. Da sah sie etwa 10 Meter entfernt zwei Männer miteinander kämpfen. Einer der Männer schrie den anderen an: «Sie ist doch da drüben!» Nur langsam begriff sie, dass der andere Mann Duri war. Da kam er schon auf sie zu gestürmt und zog sie in seine Arme. «Da bist du ja! Ich hatte solche Angst, ich dachte du seist im Haus!» Bevor sie etwas erwidern konnte, zog er sie in seine Arme und küsste sie voller Leidenschaft. Atemlos erwiderte sie seinen Kuss. Auf einmal schaute er ihr in die Augen und sagte: «Ich liebe dich!» Sie war überwältigt und sagte mit einem Lächeln: «Und ich liebe dich!» Als sie ein Krachen hörten, drehten sie sich wieder zum Haus und dieser kurze, magische Moment war bereits vorbei. Alisea war fassungslos. Der Stall brach immer mehr in sich zusammen. Es sah aus, als würde das viele Wasser der Feuerwehrschläuche gar nicht helfen. Duri drückte noch einmal ihre Hand: «Wir haben überlebt, das ist alles was zählt!» Kurz darauf schickte er sie nach

Hause. Sie wäre in dieser Situation lieber bei ihm geblieben. Aber als er ihr versprach zu ihr zu kommen, sobald er konnte, machte sie sich widerwillig auf den Heimweg. Sie war körperlich und seelisch ausgelaugt. Nach einer kurzen Dusche legte sie sich ins Bett und fiel in einen tiefen, traumlosen Schlaf. Als sie am Morgen um 7.00 Uhr erwachte, ging sie auf die Toilette. Sie schaute unten nach und da lag Duri tatsächlich auf dem Sofa. Er war zerzaust und sehr schmutzig aber er schien friedlich zu schlafen. Das ganze Wohnzimmer roch nach Rauch. Sie konnte noch immer nicht fassen, was geschehen war. Das wahre Ausmass der Zerstörung würde sich erst bei Tageslicht zeigen. Auf einmal begann sie zu weinen. Sie ging schnell zurück in ihr Zimmer, denn sie wollte Duri nicht aufwecken. Doch er hatte sie bereits gehört. Kaum lag sie wieder in ihrem Bett, kam er zu ihr ins Schlafzimmer. Er drückte ihr einen zärtlichen Kuss auf die Stirn und murmelte ganz verschlafen: «Alles wird gut! Bitte hör auf zu weinen.»

Neuanfang

Duri war angespannt und müde als sie gemeinsam zum Hof hinaufgingen. Ausserdem konnte er nicht ganz verbergen, wie nahe im das alles ging. Er sagte nicht viel, aber dennoch spürte sie seine Traurigkeit. Der Stall war bis auf die Grundmauern niedergebrannt und das Haus war stark beschädigt. Dieser Anblick war für Alisea fast unerträglich. Es war noch nicht klar, wie gross die Schäden im Haus waren. So oder so würde es viele Monate dauern um alles wiederaufzubauen. Zuerst musste die Versicherung alles klären und erst dann konnte überhaupt mit den Aufräum- und Renovations-Arbeiten begonnen werden. Die Nachricht vom Feuer auf dem Hof der Familie Simonet hatte sich schnell verbreitet. Madlaina wollte am Nachmittag wieder heimkommen. Doch hier gab es kein richtiges Daheim mehr. Das Handy klingelte ständig und viele Dorfbewohner boten Duri ihre Hilfe an. Die Kühe waren vorübergehend in einem leerstehenden Stall eines Freundes untergebracht und auch das Kälbchen hatte die ganze Aufregung und das Feuer gut überstanden. Nur Nero hatte sich irgendwo verkrochen. Duri blieb zuversichtlich und versicherte Alisea, dass dem Hund bestimmt nichts zugestossen sei.

Kurz nach ihrer Ankunft, kam auch der Brandinspektor auf den Hof. Nachdem er mit Duri ein paar Worte gewechselt hatte, ging er zu den Feuerwehrleuten, die Brandwache hielten. Auch Duri ging zu den Männern während sich Alisea etwas abseits unter die grosse, alte Eiche setzte. Auf einmal fühlte sie sich völlig fehl am Platz und machte sich wieder auf den Rückweg zu ihrem Haus. Sie wolle sich irgendwie ablenken und begann ihr Bett neu zu beziehen. Sie war kaum fertig, als ihr Handy klingelte. Eigentlich hatte sie überhaupt keine Lust zu telefonieren. Als sie sah, wer es war, nahm sie den Anruf entgegen. «Ciao, Mamma» sagte sie so fröhlich wie möglich. Aber ihre Mutter wusste es besser. Sofort fragte sie besorgt: «Was ist los Alisea? Geht es dir nicht gut?» Alisea setzte sich in den alten, grünen Polstersessel und begann zu erzählen. Als sie fertig war, war ihre Mutter ebenfalls sehr aufgeregt. Auch sie musste den Schrecken erst einmal verdauen. Kaum hatten sie das Gespräch beendet, klingelte das Handy erneut. Es war Duri. Sie war überrascht und fragte sich, woher er überhaupt ihre Handy-Nr. hatte?

Eine Stunde später sassen Duri, der Brandinspektor und vier Feuerwehrmänner bei Alisea im Garten und assen mit grossem Appetit Spaghetti. Als Duri und Alisea wieder alleine waren, neckte er sie: «Ich wusste gar nicht, dass du kochen kannst.» Sie wollte ihm schon eine schnippische Antwort geben, da griff er nach ihrer Hand. Er schaute sie liebevoll an und sagte sehr ernst: «Du hast mir in den letzten Tagen sehr geholfen! Ich weiss gar nicht, wie ich dir dafür danken soll. Sie wurde etwas verlegen und meinte schlicht: «Ich habe getan, was ich tun konnte.» Dann fragte sie, was sie eigentlich schon lange wissen wollte: «Was passiert nun mit dem Haus?» Er erzählt ihr, dass der Hausteil mit dem den beiden Schlafzimmern und dem Büro fast unbeschädigt seien. Aber das Wohnzimmer, die Küche und das Nähzimmer seiner Mutter seinen stark verwüstet. Dazu kam, dass man im Moment noch nicht wusste, was für Schäden durch das Löschwasser entstanden waren. Er erklärt ihr, dass er am Nachmittag zusammen mit dem seinem Bruder seine persönlichen Sachen und seine Kleider rausholen dürfe. Er habe bereits alles organisiert. Zögernd fügte er hinzu: «Er wird mir helfen die Sachen meiner Mutter zu Ladina zu bringen und ich kann…» Sie spürt auf einmal einen dicken Kloss im Hals, als er nicht weitersprach. Was kam jetzt? Sie schaute ihn erwartungsvoll an. «Ich kann zu Curdin ziehen, aber wenn du willst, könnte ich auch zu dir kommen.» Die Wut kam wie aus dem Nichts. Wie ein Orkan brach sie von einem Moment auf den anderen über sie herein. «Was heisst hier, wenn ich das will? Das tönt, als würdest du nur zu mir kommen, wenn es unbedingt sein muss!» Er war erschrocken, dass sie ihn auf einmal so anschrie. Er hatte nicht damit gerechnet, dass sie so reagieren könnte. Er dachte, sie würde sich bestimmt freuen, wollte aber nicht gleich mit der Tür ins Haus fallen. Was um Himmels Willen war nun in sie gefahren? Er versuchte, sie zu beruhigen: «Ich möchte dich nicht ausnutzen Alisea! Und ausserdem…» Wieder machte er eine Pause. «Was denn noch?» keifte sie noch immer ausser sich vor Wut. Und so machte er das, was er in solchen Situationen meistens tat, er trat den Rückzug an. «Alisea, lass uns weiterreden, wenn du dich wieder beruhigt hast.» Mit diesen Worten liess er sie stehen und ging nach draussen.

Kurz darauf war sie zu Ladina gefahren um mit ihr in Ruhe über die Geschehnisse der letzten Stunden zu reden. Sie lief gerade unruhig in Ladina's Küche auf und ab und hatte ihr alles erzählt, da kam Madlaina zur Türe herein. Sie drückte Alisea fest an sich und sagte: «Ich danke dir von Herzen, für alles was du getan hast!» Alisea wusste nicht so recht, was sie sagen sollte und war dankbar, für Ladinas Unterbrechung «Kommt, setzt euch. Wer möchte einen Kaffee?» Madlaina erzählte, dass sie oben bei der Brandruine gewesen war. Alisea merkte, dass es ihr sehr schwer fiel darüber zu sprechen und dass sie der Anblick der Brandruine sehr traurig gemacht hatte. Alle waren einfach froh, dass wenigstens niemand verletzt worden war.

Als Alisea gegen Abend wieder nach Hause ging, sass Nero auf ihrer Veranda. Sie fragte sich, weshalb er ausgerechnet hier auf sie wartete. Wie immer begrüsste er sie stürmisch, als sie näherkam. Sie fragte ihn: «Na mein Guter, was willst du denn hier?» Er winselte und als sie die Haustüre aufschloss, ging er zielstrebig in die Küche. Ganz selbstverständlich streckte er sich vor dem Herd aus. Sie musste schmunzeln und meinte dann in leicht spöttischem Tonfall: «Na immerhin bist du viel unkomplizierter als dein

Herrchen!» Sie überlegte, was sie nun mit dem Hund machen sollte. Mittlerweile hatte sie ein wenig ein schlechtes Gewissen. Sie wusste, dass ihr Verhalten in der sonst schon stressigen Situation am Mittag sehr kindisch gewesen war. Duri hatte schliesslich schon genug Ärger und Sorgen wegen dem Brand. Sie begann das Abendessen vorzubereiten und ertappte sich dabei, wie sie den restlichen Sugo vom Mittag in einer Schüssel vor Nero's Schnauze stellte. Er dankte es ihr mit lautstarkem Geschmatze und einem vielsagenden Blick aus seien schwarzen Augen. Sie hatte sich gerade an den Tisch gesetzt, als sie draussen ein Fahrzeug hörte. Kurz darauf standen Curdin und Duri bei ihr in der Küche. «Euer Timing passt wieder einmal wunderbar! Kommt rein, wir essen gerade.» «Wir?» Duri hatte seine Stirn in Falten gelegt und schien nicht gerade begeistert. Nun konnte sich Alisea ein Grinsen nicht mehr verkneifen: «Ja, dein Hund und ich.» Curdin brach in schallendes Gelächter aus: "Das hätte uns ja von Anfang an klar sein müssen, dass er hier ist. Er weiss eben weibliche Gesellschaft genauso zu schätzen wie wir." Nach dem gemütlichen Abendessen stand Curdin auf und fragte gutgelaunt: "So ihr beiden, wie sieht es denn nun aus? Können wir…?" Alisea wussten ganz genau, worauf er hinauswollte. Da stand Duri ebenfalls auf und klopfte seinem Bruder auf die Schulter. "Könntest du uns vielleicht ein paar Minuten alleine lassen?" Als Curdin die Küche verliess, rief er sehr gekünstelt: "Oh, ich wusste ja gar nicht, dass ich hier nicht mehr erwünscht bin...!"

Duri trat hinter Alisea's Stuhl und legte seine Hände auf ihre Schultern. Sanft massierte er ihren Nacken. Erst jetzt wurde Alisea bewusst, wie angespannt sie war. Dennoch fragte sie so ungezwungen wie möglich: "Ist das ein Bestechungsversuch oder eine Wiedergutmachung?» Während er sie gekonnt weiter massierte, erwiderte er: "Vielleicht beides..." Nach einer kurzen Pause meinte er: "Alisea, ich möchte sehr gerne bei dir wohnen, aber du weisst was das bedeutet?" Als sie sich umdrehte, um zu antworten, legte er ihr einen Finger auf die Lippen: "Ich werde mich nicht mit halben Sachen zufrieden geben..." Sie stand langsam auf und als sie ihm gegenüberstand, schaute sie ihm lange schweigend in die Augen. Ihre Antwort war ein Kuss, der beide das Hier und Jetzt vergessen liess. Als sie Nero bellen hörten, gingen sie Hand in Hand nach draussen. Alisea's Wangen glühten und Duri sagte zu seinem Bruder: "So, wir können abladen." Curdin schaute die beiden an. "Na, das wurde aber auch langsam Zeit." Nachdem sie die Kleider und ein paar Schachteln ins Haus getragen hatten, verabschiedete sich Curdin und machte sich auf den Heimweg.

Alisea blieb in Mustér und freute sich auf ihre gemeinsame Zukunft mit Duri. Endlich waren sie ein richtiges Liebespaar. Sie genossen ihr neues Zusammenleben und ihre Liebe sehr. Es gab noch einige Herausforderungen zu meistern. Duri konnte im Dorf wieder als Zimmermann arbeiten, musste aber auch noch seine Kühe versorgen.

Gleichzeitig wartete er auf den Bescheid der Versicherung, was aus seinem alten Hof werden würde. Irgendwann war klar, dass der Stall und das alte Bauernhaus komplett abgerissen und neu aufgebaut werden mussten. Ab diesem Zeitpunkt sahen alle das Unglück als Chance für einen Neuanfang.

Alisea sitzt im Wohnzimmer und schaut aus dem Fenster. Der kalte Wind treibt Schneeflocken vor sich her. Sie reibt sich ihre schmerzenden Hände. Der Schnee liegt mittlerweile sicher einen halben Meter hoch. Obwohl Duri die Zufahrtstrasse schon früh mit der Schneefräse geräumt hat, war sie fast eine Stunde damit beschäftigt, den Fussweg rund ums Haus und bis zum Briefkasten frei zu schaufeln. Sie weiss, dass sie das eigentlich nicht machen müsste, aber sie geniesst es, hin und wieder körperlich zu arbeiten. Nun gönnt sie sich eine kurze Pause mit einer heissen Tasse Tee. Sie schaut aus dem grossen Fenster und denkt zurück an die ersten Wochen in ihrem neuen Zuhause. Seither ist schon mehr als ein Jahr vergangen. Eine halbe Stunde später holt sie voller Vorfreude den Schlüssel für das Bankschliessfach. Nicht mehr lange und ihr Wunsch wird in Erfüllung gehen.

Nachbemerkung

Wälder und Berge gehören zu meinem Leben, seit ich denken kann. Wenn ich als Kind einmal rund um unser Haus herumlief, sah ich einige Berge. Einer davon schien sich sogar direkt hinter unserem Hühnerstall zu erheben. Recht ähnlich war es bei meinen Grosseltern. Sie lebten am Fusse eines Berges in einem winzig kleinen Dorf in Norditalien. Noch immer zieht es mich mit meiner Familie in die Berge und Wälder. Kein Wunder also, dass die Berge auch in meinem ersten Roman eine Rolle spielen.

Im Frühling 2018 geht die Geschichte weiter. Seien Sie gespannt!

Dank

An dieser Stelle möchte ich mich bei all den Menschen bedanken, die mich auf irgend-eine Art unterstützt, motiviert und bestärkt haben dieses Buch zu schreiben. Ganz besonders danken möchte ich meinem Mann Michael und unseren Kindern Mauro, Romina und Leandra. Ich bin glücklich, dass ihr versteht, was mir das Schreiben bedeutet.

Über Sandra Friedrich

Sandra Friedrich, geboren 1978, wuchs zwei-sprachig in der Ostschweiz auf. Nach einem Sprachaufenthalt in Lausanne machte sie eine Ausbildung zur Detailhandelsfachfrau. Später erwarb sie berufsbegleitend das Diplom als Übersetzerin und absolvierte einige Weiterbildungen im pädagogischen Bereich. Seit über zehn Jahren leitet sie zusammen mit ihrem Ehemann ein KMU und ist Familienfrau. Ihre Passion für Bücher, Sprachen und das Schreiben begleitet sie seit ihrer Kindheit. In den letzten Jahren verfasste sie Kurzgeschichten, Gedichte und Reime für Kinder und Erwachsene. Die Natur ist ihre grösste Inspirationsquelle und lässt sie zur Ruhe kommen. Sandra Friedrich lebt mit ihrem Mann und ihren Kindern im Freiamt in der Schweiz.